Jeg Så Jesus
Springe Fra Tredje

- En Øjenvidneberetning

af
Michael Sørensen

© 2024 – Michael Sørensen

Forlag: BoD · Books on Demand GmbH, In de Tarpen 42,

22848 Norderstedt, Tyskland

Tryk: Libri Plureos GmbH, Friedensallee 273,

22763 Hamborg, Tyskland

ISBN: 978-87-4305-909-7

Jeg så Jesus Springe Fra Tredje er skrevet til lyden af:

Jóhann Jóhannsson – The Theory of Everything (2016)

1. ab origine

"Jeg så Jesus springe fra tredje. Jeg stod i vinduet og så det hele. Det var som at se en stumfilm. Han faldt bare. Bagefter lå han på asfalten. Der var blod. Ikke så meget som man skulle tro, men der var nok blod til, at jeg kunne se det fra mit vindue. Det så helt brunt ud mod asfalten."

– Anne, 11D

"Det var mig, der fandt ham. Jeg havde været i Fakta. Det havde taget seks minutter, for jeg ville gerne være der lidt længere. Han smilede. Det var, som om han endelig var glad."

– Vibeke 12D

"Vi modtog et opkald klokken 17.38. En ung kvinde havde været i Fakta. Hun lød rolig i stemmen. Da vi kom frem til åstedet, var personen allerede død. Det må have været fra faldet. Det er der ingen, der kan overleve."

– Søren, Københavns Politi

"Jeg gik ned til ham, da politiet ankom. Jeg ved ikke hvorfor. Jeg tror bare, at jeg ville se ham en sidste gang. Der var mere blod, da jeg kom derned. Han var helt sikkert død." – Anne, 11D

2. ante mortem

"Han var en mærkelig fyr, ham Jesus. Han havde aldrig sko på. Hvem fanden troede han egentlig, at han var?"
- Poul, 12C

"Jeg talte ofte med ham på vaskeriet. Han var meget renlig. Han smilede altid så høfligt. Ikke sådan et glad smil, mere et høfligt et."
- Kirsten, 12A

"Jeg kendte ham ikke rigtig. Han købte altid avisen og en flaske vand. Indimellem spurgte han, om jeg havde noget gammelt brød. Jeg ved ikke, om han selv spiste det. Måske fodrede han ænderne ved Søerne?"
– Ibrahim, Kiosk 47

"Jeg vil gætte på, at han nassede på systemet. Sådanne personer som ham får jo aldrig taget sig sammen til hverken job eller uddannelse."
- Anonym politiker, Danmarksdemokraterne

"Han var et pikhoved. Et rigtigt
pikhoved."

- Poul, 12C

"Jeg tror ikke, at nogen kendte ham. Ikke sådan rigtigt. Vi var ikke venner. Vi sameksisterede, for vi kendte ikke hinanden. Han sad tit for sig selv på bænken ved Søerne. Når jeg løb en tur, stoppede jeg altid og fik en sludder. Det handlede ikke om ham – eller om mig. Det handlede bare om... andre ting."

– Anne, 11D

"Jeg drak kaffe med ham. Spandevis af kaffe. Hos mig er der altid kaffe på kanden. Så fortalte jeg ham om alle de lortemennesker, jeg har kendt. Han sad bare og lyttede. Indimellem sagde han noget opmuntrende. Det var rart at høre, men jeg skulle nok have lyttet bedre efter. Sådan er det altid, når folk dør."

- Lotus, 12F

"Han havde aldrig lyst til mig. Aldrig! Han sagde pænt nej tak uanset, hvad jeg tilbød ham. Det generede ham ikke, at jeg samlede kunder op foran hoveddøren. De andre beboere brokker sig sgu altid, men det gjorde han aldrig. Det var sært på en rar måde."

- Lulu, prostitueret (Nattens Dronning)

3. ad usum proprium

Kære Verden

Jeg ved ikke, hvordan jeg skal få det sagt. Jeg savner, at I er til stede. Jeg savner, at I gider hinanden. Jeg savner nærhed, ømhed og omsorg. Hvad er der blevet af menneskeligheden? Er den blevet pantsat? Hvad gav den i pant? Tomhed? Egoisme?

Jeg har altid været der for jer, mine naboer, mine søstre og brødre. Jeg har aldrig svigtet jer. Da I havde allermest brug for mig, stod jeg på mål for alle de ting, som I gerne ville have, men ikke kunne få. Alligevel kræver I mere og mere. I vil have det hele, men det må ikke koste jer noget på det personlige plan.

Det må gerne koste jeres nabo, jeres venner eller andre, som I ellers påstår, at I holder af.

Hvorfor må livet ikke koste noget?

Hvorfor skal alting være uden omkostninger?

Jeg kan ikke forstå, at I ikke kan forstå jer selv og hinanden.

Hvad med jeres børn? Har de fortjent den fremtid, som I skaber for dem? Har de fortjent mistroen? Har de fortjent frygten? Hvorfor elsker I dem ikke? Ikke med gaver, men med handlinger. Hvorfor kysser I dem ikke? Hvorfor siger I ikke bare, hvad I føler? Hvorfor må jeres børn ikke koste jer noget?

Avisen

Ny Udvikling

Jesus efterlod et brev

Naboer afslører: Han var et pikhoved

4. vero nihil verius

"Hvorfor begår folk selvmord? Jeg forstår det ikke. Jeg elsker livet i sig selv. Jeg kan mærke livet. Jeg kan mærke alle fibre i min krop, der bevæger sig, når jeg mærker efter. Livet er skønt. Hvorfor begår man dog selvmord?"

– Kirsten, 12A

"Hvorfor? Han var ikke sur. Han var ikke arrig. Han var heller ikke ked af det. Han var nok bare blevet ligeglad. Jeg tror bare, at han ikke længere kunne forstå os alle sammen. Han kunne ikke forstå, hvordan vi var blevet sådan. Hvordan vi var blevet så kolde, så uforstående over for alting. Hvorfor er vi også blevet sådan? Jeg forstår det heller ikke."

– Anne, 11D

"Et eller andet sted kunne jeg godt forstå ham. Han så livet anderledes end os andre. Måske så han bare noget, som vi andre ikke kunne få øje på? Noget der gjorde, at han ikke længere havde lyst til at leve. Det er noget mærkeligt noget. Det er ikke længe siden, at han og jeg drak kaffe sammen. Han kunne godt lide stimulerende samtaler."

- Lotus, 12F

"Han fik vel nok? Vi kan alle få nok af det hele. Jeg kendte ikke hans grænse. Hvem kender egentlig andres grænser? Hvem kender overhovedet deres egne grænser?"

– Vibeke 12D

"Fik jeg fortalt, at han var et pikhoved? Et rigtigt pikhoved. Han vidste bedre end alle andre. Han prøvede altid at spille smart og belære andre mennesker. Hold nu kæft et pikhoved."

- Poul, 12C

Jeg
   kender
      en præst
         der
         drømmer
         i
         farver.
– Marius, flaskesamler og flasketømmer (uden adresse)

Hvad med børnene? Har de fortjent det, I efterlader dem? Har de fortjent hadet? Har de fortjent utrygheden? Hvorfor viser I dem ikke kærligheden? Hvorfor investerer I ikke i dem? Hvorfor krammer I dem ikke? Hvorfor siger I ikke bare sandheden? Hvorfor må jeres børn ikke koste jeres sjæl noget?

5. stipendium peccati mors est

"Spørger du mig, om vi vil savne ham? Vi vil savne ham på samme måde, som vi savner Allan Simonsen. Han var god engang, men i dag har han ikke en chance. Vi savner nok nærmere den tid, hvor han havde sin berettigelse. I dag har åndelighed ingen berettigelse. Ingen! Den er ulækker overtro."
– Unavngiven forfatter

"Han er her ikke mere. Det fylder ikke noget i mig, at han er død. Han har aldrig tilbudt mig andet end vand og brød. I starten troede jeg, at han bare var pervers. Det var han ikke. Han var bare…"
 - Lulu, Nattens Dronning

"Samfundet har ikke brug for folk som ham. Derfor kan man som ansvarligt og moderne menneske ikke savne sådan en mand. Han bidrog ikke med andet end ord. Det moderne menneske kræver handling. Sådan er det bare!"

- Anonym politiker, Danmarksdemokraterne

"Savn er et stærkt ord. Jeg savner min farfar. Jeg savner også min kat, som jeg havde næsten hele min barndom. Jesus? Jeg savner ham måske en smule, men ikke sådan med hjertet. Det er mere med hjernen. Han var en rar genbo. Han var rar at kende. Han var hyggelig og nem at være sammen med. Jeg savner ham måske alligevel med hjertet. Måske en lille smule."

– Anne, 11D

Savn
   er
  kærlighed
      der
     kommer ud lidt
     forsinket.
– Marius, flaskesamler og flasketømmer
(ingen adresse)

"Savn er en del af livet. Vi bliver født, og vi dør. Der vil altid være nogen, der står tilbage. Tilbage med følelser og ord, der i princippet er som et brev uden modtager. For hvem kan høre ordene, mærke sorgen og føle savnet, når de først er rejst herfra?"

– Kirsten, 12A

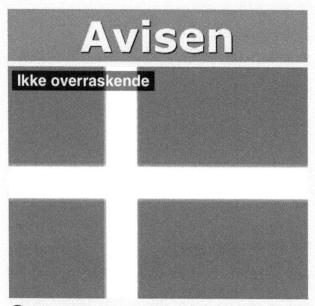

Samstemmende naboer
Vi savner ham ikke

"De dødes liv er placeret i de levendes hukommelse."

– Marcus Tullius Cicero, Romersk politiker, retoriker og skribent

6. ad usum proprium II

Menneskets moralske kompas har for lang tid siden mistet sit Nord. Det er ikke længere et troværdigt værktøj for andet end forfald. Jeg græder for jer. Jeg græder for jeres børn. Jeg græder for jeres fremtid.

7. ad perpetuam memoriam

"Livet er for de levende. Her er ikke plads til de døde. Når jeg kigger ud fra mit vindue, ser jeg livet på Mars. Her er ingen sjæle. Ingen spøgelser. Her er bare mennesker, der bevæger sig ind og ud af mængderne. De er der bare. De lever bare."

 - Lulu, Nattens Dronning

"Jeg tror ikke på det. Det virker usandsynligt. Hvorfor skulle de døde ikke bare være døde? De er her jo ikke mere. Der er jo ikke noget efter døden. Det tror jeg ikke, der er. Jeg er ikke sikker, men jeg tror det ikke."

– Anne, 11D

"Selvfølgelig sker der noget med os, når vi engang dør. Det må der gøre. Meningen med livet må række længere end til det, man har, når man er her på jorden. Hvis det er alt, der er, hvorfor går vi så igennem alle de dumme og grimme ting? Det virker underligt. Der må være en slags belønning i den sidste ende. Det må der være."

- Lotus, 12F

"Den slags ved jeg ikke noget om. Det er min mand, der tager sig af de ting for os. Jeg ved, at vi skal begraves ved siden af hans mor og far. Det har han bestemt. Resten ved jeg ærligt talt ikke meget om. Vil du have mere kaffe?"

- Vibeke 12D

"Måske er der også nogen, der bliver straffet? Det må der næsten være. Mordere og folk der har pillet ved børn og den slags. De rigtig klamme mennesker. Der må være en straf for dem. Fængsel er jo ikke nok til den type."

- Lotus, 12F

"Jeg tror, mange mennesker har behov for at tro på et liv efter døden. En form for himmel og helvede, der giver mening for dem, der har brug for, at livet er retfærdigt."
– Unavngiven forfatter

"Den slags beskæftiger vi os ikke med i politiet. Vi har rigeligt at gøre med at holde styr på de levende. Hvad de døde laver, må de altså selv ligge og rode med."
– Søren, Københavns Politi

"Selvfølgelig, min ven. Gud er stor. Han er overalt. Så nu, hvor du ikke er her mere, går du til Gud. Han passer på dig i al evighed. Sådan er livet. Du lever nu, og det er begyndelsen. Senere dør du, og det er en ny begyndelse. Sådan er livet, min ven. Det stopper aldrig. Det er jeg sikker på."
– Ibrahim, Kiosk 47

"Døden er prisen for livet"
- Jean Giraudoux, Fransk Forfatter 1882-1944

8. boreas domus, mare amicus

"Jeg har fisket hele mit liv. Jeg har set havet gøre ting ved mennesker, som man ikke troede var muligt. Jeg har set mennesker gøre ting ved hinanden, som man ikke troede var muligt. Jeg har hjælpeløst set til, da en mand druknede for øjnene af mig. Jeg har set livet forsvinde ud af øjnene på et menneske, som havde fået knust kroppen mod siden af kutteren. Livet er skrøbeligt. Det ved jeg alt om. Jeg ved også, at vi ikke sætter pris på livet længere. Vi værdsætter ikke hinanden. Det er et faktum! Da jeg lagde kutteren op, var pengene væk. Der var kun et enkelt hav tilbage for mig, som jeg stadig kunne sejle i. Desværre var det et hav af bajere og snaps, som efterhånden har ædt mere af min krop, end søen gjorde. Jeg kunne have gjort det anderledes. Jeg kunne have gjort som de andre fiskere.

Jeg kunne have søgt arbejde på fabrikkerne. Så kunne jeg have slidt mig selv ihjel til mindstelønnen. Så kunne jeg have købt mig et tv, et kakkelbord og et livsforbrug af kaffe og kringler. Så kunne jeg sidde der og råbe ad mit tv. Bande af politikere, fodboldspillere eller dem, der ikke kunne svare på de nemme spørgsmål i en eller anden quiz. Det gjorde jeg bare ikke. Jeg satte mig nede på bodegaen. Der sad jeg så, indtil jeg ikke var velkommen der længere. Nu sidder jeg herhjemme. Jeg har hverken kringle, kakkelbord eller kaffe på kanden. Konen er skredet. Hun har giftet sig igen – og igen. Min datter, Gud være hendes sjæl nådig, taler ikke med mig længere. Vi havde kontakt i mange år, men nu er hun ikke længere en del af mit liv – eller rettere sagt, jeg er ikke en del af hendes liv.

Nogle gange tror jeg, at hun hader mig. De fleste gange ved jeg det.

Jeg havde til gengæld en ven i Jesus. En ven, der nu har forladt mig før tid. Endnu en, der bare skred uden at give en bajer først. Jeg havde en ven i Jesus. En god ven. En ven, der altid havde ti kroner i overskud, et smil på læben til en gammel sømand og aldrig var for fin til at tage en snak om vind og vejr. Sov godt, unge mand."

- Hans "Skipper" Jensen, Sømand og fuldtids-alkoholiker

9. magna di curant, parva neglegunt

"Jeg ved ikke særlig meget om de ting, de voksne taler om. Jeg ser bare ting. Jeg oplever mennesker i alle størrelser. Jeg skriver det meste ned, for jeg vil ikke glemme noget. Alt, hvad jeg ser, har en plads i mit hoved. Alt, hvad jeg oplever, har en plads i min hukommelse. Sådan har det altid været. Lige siden jeg var syv år, har jeg skrevet alting ned. Jeg har kladdehæfter, mapper og dagbøger fyldt med tanker og oplevelser. Jeg læser dem sjældent. Den oplevelse gemmer jeg til den dag, hvor jeg ikke længere kan huske ting. Jeg sletter heller aldrig noget. Det ville ikke være fair over for virkeligheden.

En nat, hvor jeg sad og kiggede på stjerner, kom Jesus forbi. Han satte sig på bænken ved siden af mig.

Først sagde han ikke noget, for han kunne se, at jeg sad og skrev, når jeg altså ikke kiggede på stjernerne. Da jeg lagde pennen fra mig og slukkede lommelygten, som jeg havde stjålet fra vores vicevært, sagde han endelig noget til mig.

"Skriver du en historie?"

Ja, svarede jeg.

"Hvad handler den om?"

Ikke om så meget. Den handler om mit liv og min historie, svarede jeg.

"Det lyder som en god historie. Husk, at historieskrivning altid er subjektiv"

Hvad betyder subjektiv?

"Det betyder, at du som subjekt altid kun skriver din version af sandheden"

Findes der andre versioner? Er der ikke kun én sandhed?

"Nej, sandheden kommer i alle størrelser. Den kommer i min version, i din version og i alle andres versioner. Vi oplever ikke alle sandheden ens."

Det lyder indviklet. Det ved jeg ikke, om jeg rigtig forstår, sagde jeg. Jeg forstod det godt. Jeg ville bare ikke indrømme det. For hvad nu, hvis der var en sandhed, hvor mit liv gav en anden mening end den, jeg havde skrevet ned hele mit liv? Så ville det hele måske være spildt? Hvad nu, hvis alle andres versioner af sandheden heller ikke stemte overens? Hvad så med krig, sult og alle de grimme ting, som altid var på forsiderne af aviserne? Hvad med alle de ting, som de sagde i fjernsynet? Hvad hvis der var flere udgaver af sandheden? Han havde rejst sig fra bænken.

Jeg vidste ikke rigtig, hvad jeg skulle sige. Jeg var bange. Jeg var bange for sandheden, selvom jeg altid skrev sandheden ned. Min sandhed.

"Det er derfor, nogle har behov for en Gud. Eller måske har de behov for religion? Eller måske har de behov for at være en del af et fællesskab? En fodboldklub, en forening måske?"

Er deres version af sandheden den samme som de andres, som de er i forening med?

"Måske? Lyder det ikke meget sandsynligt?"

Han gik. Han sagde ikke mere. Det var ikke sidste gang, jeg så ham. Det var bare sidste gang, jeg talte med ham. Den nat under stjernerne, delte vi en historie. En fælles sandhed. Jeg skriver stadig alting ned.

Jeg er bare holdt op med at bilde mig selv ind, at de ting jeg oplever, de mennesker jeg møder, og de ting som jeg hører og ser, er andet end min sandhed. Min historie med mine øjne. Mere er det ikke. Mere bliver det ikke."

- Sarah, 14 år

10. ad usum proprium III

Det er ikke for sent for os, hvis vi ændrer en smule på opfattelsen af hinanden. Hvis vi prøver at møde hinanden i øjenhøjde. Hvis vi prøver at give slip på fjendebillederne og polariseringen af hinanden. Bare et øjeblik. I sidste ende er vi alle ens – og alle forskellige. Det er både sundt at konstatere det ene og det andet. For i ensartetheden finder vi styrke, trøst og tryghed.

I forskelligheden finder vi mod, nye oplevelser og bliver rigere som individer. At det er forbundet med en risiko, er vel en lille pris at betale? Vi behøver ikke elske alle mennesker, men vi kan i det mindste stoppe med at hade alt det, vi ikke forstår.

11. modus operandi

"Det, der er galt med folk som Jesus, er det samme, som der er galt med socialisme. Det er folk med gode idéer, der bare ikke aner, hvor pengene skal komme fra. Prøv nu at høre her, Jesus. Det er fint, at du vil hjælpe alle i denne verden, men hvad med at starte med at tjekke, om du har råd til al den velfærd? PENGENE SKAL KOMME ET STED FRA."

- Anonym politiker, Danmarksdemokraterne

"Han var i det mindste ikke muslim. Jeg siger ikke, at han var bedre end dem, men han var ikke muslim. Han spiste min kones frikadeller."
- Poul, 12C

"Officielt har jeg intet at sige om denne sag. Personligt mener jeg, at folk som Jesus, gør det svært for folk som mig. Systemet er ikke indrettet til at straffe folk; det er indrettet til at hjælpe. Vi skaber ikke en ny klasse af fattige her. Vi arbejder med alt det, som vi får tildelt af politikere. Jeg kan godt se, at der er folk, der falder gennem revnerne i systemet. Jeg kan godt se, at vi går fra at have problemer med folk, der ikke kan arbejde, til at have problemer med folk, der ikke har noget hjem og derfor ikke kan modtage hjælp fra mig og de andre i kommunen. Det er forbandet. Disse mennesker kan ikke hjælpes af et system, men hvor skal de så gå hen?

I gamle dage kunne man gå til kirkerne, men de er ikke længere en del af fællesskabet. I dag er de en del af et system, som æder dem op indefra. Et system, der gerne ser folkekirken bevaret, men med så ubetydeligt et ansvar som muligt. Jeg giver indvandrerne skylden. De tog glæden ud af troen. Deres måde at angribe vores værdier på gjorde det umuligt at tro på noget som helst religiøst. De vandt den religiøse krig i Danmark, for deres trussel mod systemet fik den almindelige dansker til at vende folkekirken ryggen. Igen, det er min egen personlige mening. Officielt har jeg ingen mening."

- Anonym sagsbehandler

12. delectatio morosa

"Mine kunder? Ja, de er uden tro. De tror ikke på Gud. De tror ikke på Allah. De tror ikke engang på sig selv. De tror på orgasmen. Hvis man tænker på, hvor mange penge de bruger på sex, og hvor kort tid det tager at få en udløsning, så snyder de fleste af dem sig selv for meget."

- Lulu, Nattens Dronning

"Han købte ikke porno, hvis det er det, du spørger om? Han kiggede aldrig på reolen med de blade. Han købte ikke engang Ekstra Bladet, så han interesserede sig ikke for perverse billeder og historier."

– Ibrahim, Kiosk 47

"Behøver jeg at udtale mig om den slags? Det virker enormt upassende. Jeg ved ikke, om han havde sex med nogen. Han havde jo besøg af flere kvinder; også kvinder her fra opgangen. Dem vil jeg helst ikke udtale mig om."

– Anne, 11D

"Han kneppede vel geder? Eller nogle andre dyr? Gør de ikke alle sammen det?"
- Poul, 12C

De katolske præster. Når jeg taler med folk, bliver jeg ofte spurgt, hvorfor man kan tro på kristendommen, når præster i den katolske kirke har gjort så mange forfærdelige ting ved børn. Små drenge og piger der blev udsat for alverdens overgreb fra en person, de stolede på. En person, de havde tillid til. Deres præst af alle mennesker. Men er præster virkelig et symbol på tro? Er kirkerne? Jeg tror, at de fleste mennesker sagtens kan tro på Gud uden at have kontakt med en præst eller en kirke. De fleste mennesker kan sagtens tro på sig selv uden at have behov for hele tiden at bringe sig selv i centrum. Jeg tror på gode mennesker med gode intentioner.

Behøver jeg at være velgørende hver eneste dag – eller blot en enkelt ugedag for at styrke min tro? Nej, vel? I sidste ende gør al tro os stærkere. Derfor bør vi også tro mere på hinanden, hvis vi ikke længere har brug for en kirke, en præst eller en bibel. Det seksuelle bør derfor altid starte med gensidig tillid. Det handler ikke om, hvor meget eller hvor lidt vi har sex som mennesker. Det handler om, at vi har sex med de mennesker, der ønsker at være der for os – uanset hvad vi ønsker os seksuelt. Om man er til mænd, kvinder eller noget midt imellem, er uvigtigt. Det vigtige er, at vi bygger forhold på respekt. Også dem, der kun varer fem minutter.

13. discendo discimus

"Når man er heldig nok til at være en del af et barns undervisning, er man nødt til at forstå, at man samtidig underviser i dannelse. Vi kan lære børn alting. Det har historien bevist. Vi kan nemt lære dem at være amoralske. Vi kan lære dem om vold, død og ødelæggelse. Vi kan lære dem at hade andre mennesker på meget tynde grundlag. Sværere bliver det, når vi skal danne mennesker. Det er her, at skolerne og forældre, i fælles forskrækkelse for at være grænseoverskridende, fuldkommen har tabt den kollektive sut. Vi lærer børn, at de skal lære så meget som muligt, men vi lærer dem ikke, at der er en tid og et sted, hvor man skal bruge denne lærdom til sit eget og sine omgivelsers bedste. Vi lærer dem ikke, at eksamen er nøglen til en fremtid, som ingen kender udfaldet af. Vi lærer dem i stedet, at hvis man ikke får en eller anden karakter, så kan man ingenting. Så er man ingenting. For der er ikke plads til andre værdier end dem, man kan gøre op i penge.

Skidt pyt med, at lille Ole er bedre med bogstaver end med tal. Hvis han ikke får et ordentligt gennemsnit, vil han aldrig kunne udleve sine drømme med de ord, som han ellers strør om sig uden det mindste besvær.

I stedet parkerer vi Ole i et nødspor, hvor han pludselig er begrænset til, at kun kunne vælge de ting i livet, hvor hans reelle talent fuldkommen er spildt. Vi slår hans drømme ihjel et semester ad gangen, indtil han ikke længere tror på sig selv. Så peger vi fingre ad ham, kalder ham et udskud og en doven dreng – og snart er Ole kun en skygge af alt det, som hans talent og glade sind engang var. Havde vi nu selv været dannede nok, så havde vi også haft plads til at styrke Ole og gøre hans talent til noget helt særligt. I stedet bliver Ole offer for alle de børn, der har det "rigtige" gennemsnit, men som til gengæld mangler sociale kompetencer. I deres verden er det bedre at være populær og interessant i fem minutter end at kunne leve et liv, hvor man kan se sig selv i spejlet hver dag. Dagens skole uddanner kun egoister og tabere. Der er ingen mellemvej. Det er succes eller fiasko. I sidste ende er det samfundets fiasko, for vi har mistet troen på, at de ting, der ikke giver overskud på bundlinjen, er værd at bruge sin tid på. Er man barn af indvandrere, ordblind eller enormt kreativ uden andre kompetencer – ja, så har man allerede tabt i livets store spil, og man får aldrig 4.000 kroner for at passere Start. Hvis Jesus lærte mig noget i den korte tid, jeg kendte ham, så er det, at man kan sende sine børn i skole så meget, man har lyst til, men det får man ikke gode og ordentlige mennesker af. Det skal komme fra de forældre, der hellere vil have en ny bil end bruge to minutter om dagen på deres børn. De forældre, der aldrig møder op, når vi holder møder på skolen. De forældre, der lærer børnene noget om nøgler om halsen, mad fra en mikroovn og vigtigheden af, at mors eller fars arbejde altid kommer først.

I sidste ende kan vi takke os selv. Når Jesus springer fra tredje, er det ikke fordi, han er træt af sig selv. Det er fordi, han er træt af denne verden, som vi er ved at skabe. En verden fuld af mennesker, der ikke forstår forskellen på symptom og sygdom."

- Mark, folkeskolelærer (lidt endnu)

14. ad usum proprium IV

Hvad med jeres børn? Hvad med deres sind? Skal det ædes op af blinkende skærme, som får dem til at glemme at føle, glemme at leve? Har de fortjent det? Har dine børn fortjent et liv, hvor de ikke må føle noget i kontakt med andre mennesker? Sociale medier er asociale. De gør ikke nogen noget godt. Tværtimod. De dræner jeres hjerner, jeres identitet, jeres sjæl. Individet drukner i opdateringer, som alle ligner hinanden. Ingen tør træde udenfor. Ingen tør sige sandheden. Ingen tør indrømme, at de sociale medier i virkeligheden er spild af tid.

Spild af timer, der kunne bruges med familie, venner eller i andet godt selskab. I lærer jeres børn egoisme under falske forudsætninger. Man må ikke skille sig ud, men man skal se godt ud. Man skal ikke være normal, for normal er kedeligt. Man skal pynte sig med lånte fjer. Man skal lege kejserens nye klæder, indtil ingen genkender sig selv eller hinanden. Hvornår ender det? Hvornår slår klokken tolv, så I kan smide maskerne? Smid de forbandede masker, så I kan vise jeres robotansigter frem. De ansigter, der er formet af maskiner. Af sociale medier. Af frygten for at være sig selv, for hvem gider være det? Man bliver paranoid og skizofren, indtil man drukner i sit eget mismod. For facaden vil krakelere. Du vil blive gjort ansvarlig for alle dine løgne. Ansvarlig for dine billeder af smilende børn fra ferier, hvor du sad med hovedet begravet i en skærm alligevel.

Du tager billeder af din mad for at udstille dit perfekte jeg, der i samme øjeblik bliver uperfekt, fordi du har et behov for at vise dig selv, din mad og dine børn frem. Din drøm bliver til et mareridt før eller senere. Den dag dit barn ryger hash, drikker sig fuld eller opfører sig som alle dem på internettet, som du har givet dem lov til at følge time efter time. Det ender aldrig. Dit mareridt som forælder lever videre i dine børn.

Tillykke med det. I sidste ende løber du fra dit ansvar. Du har glemt, hvem du er, hvad du er – og hvordan virkeligheden er. Du bærer et ansvar hver dag. For dig selv og dine børn. Sluk nu for telefonen. Tal med dine børn. Læs en bog med dem. Gå en tur. Fortæl dem om dine følelser, dine tanker og dine drømme. Hvis de ikke hører det fra dig, så hører de det aldrig. Du lever kun én gang. Du bliver ældre. Dine børn bliver ældre. Stop dig selv. NU! Jeg har stadig håb om en fremtid for dig, din familie og dine allerkæreste.

Med kærlighed

Jesus

Jesus hadede tablets
Dine børn bliver narkomaner

15. acta est fabula plaudite

"Han er her ikke længere. Han gik ud med en sang, som alle kender, men ingen vil prøve at forstå. Det er sørgeligt."
– Anne, 11D

Hør
   nu
     Efter, Verden!
       Den
         fede
         dame
               synger.
– Marius, flaskesamler og flasketømmer (ingen adresse)

"Jeg savner ham. Han var en hyggelig fyr. Han ville ikke nogen noget ondt. Var det måske det, der var galt med ham?"

- Kirsten, 12A

"For allersidste gang: Jesus var et pikhoved. Nu gider jeg ikke sige det mere. I skal ikke komme rendende her mere. Vi har sagt det, vi gerne vil sige. Kom aldrig tilbage, Jesus. GODNAT!"

- Poul, 12C

www.ingramcontent.com/pod-product-compliance
Ingram Content Group UK Ltd.
Pitfield, Milton Keynes, MK11 3LW, UK
UKHW031022181224
452569UK00004B/362